I0686099

LE LYCÉE

OUVRAGE

Qui vient d'obtenir à la Société impériale des Sciences, de l'Agriculture et des Arts de Lille

LA MÉDAILLE D'OR

SUIVI DE

LES REVENANTS

PAR

M. Léop. CHAPPE

PARIS

L. HACHETTE ET Cᶦᵉ, LIBRAIRES-ÉDITEURS

BOULEVARD SAINT-GERMAIN, 77

1864

LE LYCÉE

Rien ne me plaît tant que de voir autour de moi ces jeunes figures, fraîches comme le jour naissant, riantes comme l'espérance.

LABOULAYE.

Ye 1858

VERSAILLES. — TYP. DE E. AUBERT, SUCC^r DE AUG. MONTALANT

6, Avenue de Sceaux.

LE LYCÉE

OUVRAGE

Qui vient d'obtenir à la Société impériale des Sciences, de l'Agriculture et des Arts de Lille

LA MÉDAILLE D'OR

SUIVI DE

LES REVENANTS

PAR

M. LÉOP. CHAPPE

BE ST/ sc.

PARIS

L. HACHETTE ET Cⁱᵉ, LIBRAIRES-ÉDITEURS

BOULEVARD SAINT-GERMAIN, 77

—

1864

A Mad^{me} ***

Parfois, les yeux sur votre idole,
Rêvant au passé qui s'envole,
    Rêvant à l'avenir,
Vous souriez heureuse et fière,
Puis vous sentez sous la paupière
    Une larme venir!

Quelle est la terrible pensée
Qui vous a soudain oppressée,
    Et pourquoi pleurez-vous?
Pourquoi cette tristesse étrange,
En regardant ce petit ange
    Qui dort sur vos genoux?

C'est que vous dites, pauvre mère :
Après ce bonheur éphémère,
    Viendront les jours maudits,
Où je verrai, douleur suprême,
Disparaître tout ce que j'aime
    De mon doux paradis!

Puis devant vous passe un cortége
De noirs fantômes... le collége,
  Sombre et froide prison,
Qui, semblable à l'écueil sauvage,
Où toute barque fait naufrage,
  Se dresse à l'horizon.....

Venez, Madame ; allons ensemble,
A moins que le cœur ne vous tremble,
  De vous en approcher,
Visiter là-bas, dans les ombres,
Tous ces vilains fantômes sombres
  Et cet affreux rocher.

L. C.

I

LA RENTRÉE

ADIEUX DE LA MÈRE A L'ENFANT.

Quand d'un souffle immortel Dieu même t'eut formée,
Tu naquis pour aimer comme pour être aimée;
En vain ce Dieu t'impose un long tribut de pleurs,
Ton courage redouble au sein de tes douleurs :
La mère qui pour nous a souffert sans faiblesse,
Avec moins de tourments aurait moins de tendresse.

Millevoye. AMOUR MATERNEL.

LA RENTRÉE

Octobre est arrivé; le soleil, tiède encore,
De confuses vapeurs se voile à son aurore;
Tout se tait, tout repose, et l'oiseau dans les bois
Ne fait plus éclater ses chansons d'autrefois.
Et que chanterait-il? Triste au sein du bocage,
Dont l'automne déjà fait jaunir le feuillage,
Il ne voit que le ciel de nuages couvert,
Et sous ses pieds son nid, son petit nid désert :
Il n'y portera plus, au coin du champ trouvée,
Ou la paille ou la soie à sa chère couvée!
Elle est partie, hélas! sur l'aile du zéphir,
Partie à tout jamais, et l'hiver va venir!
Il écoute, il appelle, et l'écho de la terre
Répond seul en pleurant à son cri solitaire,
Et le vent qui frissonne en ce lugubre lieu,
Avec la pâle feuille emporte son adieu!

En sera-t-il ainsi de vous, ô tendre mère?
Non, non; cachez donc bien votre douleur amère
A ce petit enfant que vous allez quitter :
S'il vous voyait tremblante, il pourrait hésiter,

2

Se demander tout bas, en son âme candide,
Pourquoi, lui si hardi, sa mère est si timide.
Souriez au contraire; ouvrez-lui le chemin;
Au seuil de la maison guidez-le par la main!
Car vous ne serez pas l'oiseau de tout à l'heure;
Votre enfant n'aura fait que changer de demeure,
Et vous le reverrez bien souvent, tous les jours.
Séparée un instant de vos chères amours,
Quand, à midi sonnant, cette pesante grille,
S'ouvrira devant vous, ange de la famille,
Vous viendrez palpitante, et prompte à le saisir,
Faire ici d'un instant un siècle de plaisir.
Ainsi, dans ce bonheur que chaque jour ramène,
Comme un rapide éclair passera la semaine,
Puis viendra le dimanche, où, forçant ses verrous,
Votre petit oiseau s'envolera vers vous.

Quittez-le donc, madame; au pied de ce portique,
Faites sur votre cœur un effort héroïque,
Et, le front rayonnant de bonheur et d'espoir,
Dites d'une voix ferme : A bientôt! Au revoir!

II

LA CHAPELLE

MESSE DU SAINT-ESPRIT, PREMIÈRE COMMUNION.

> Et, la main sur leurs fronts baissés, je lui demande
> De préparer mon cœur, pour qu'un verbe y descende,
> D'élever mon esprit à la simplicité
> De ces esprits d'enfants, aube de vérité.
>
> Lamartine. JOCELYN, IX.

LA CHAPELLE

Au fond de cette cour, encadré de verdure,
S'élève un monument de simple architecture ;
On voit sur le fronton, de la croix surmonté,
Deux symboles divins, la Foi, la Charité ;
Et dans la colonnade, aux murs du péristyle,
Fénelon, Bossuet, gardiens du saint asile,
L'un et l'autre debout, graves, majestueux,
Du doigt et du regard semblent montrer les cieux.

La porte s'ouvre ; au fond de l'humble sanctuaire
Que parfume l'encens, que le soleil éclaire,
Un prêtre vénérable, immobile, à genoux
Devant le Dieu puissant crucifié pour nous,
Demande les trésors de la parole sainte.
Entrez, petits enfants, dans la modeste enceinte ;
Tout embaumés encor du baiser maternel,
Venez aussi prier aux marches de l'autel :
Demandez à celui qui régit toutes choses
De détacher pour vous les épines des roses,
De frayer au travail un facile sentier,
De bénir à la fois le fils et l'écolier.

Tout est grave en ce jour; au milieu du silence,
L'hymne du Saint-Esprit vers le dôme s'élance :
Que chacun se recueille, et, le cœur pénétré,
Accompagne tout bas le cantique sacré.

C'est ici désormais que vous viendrez entendre
Vos aumôniers si bons, pleins d'un amour si tendre,
Ecouter leurs conseils touchants, affectueux,
Et réchauffer votre âme, en priant avec eux.
Leur ministère saint dès aujourd'hui commence,
Et, quand aura germé la divine semence,
Quand de la Foi sur vous brillera le flambeau,
Votre Evêque viendra visiter son troupeau,
Apportant dans ses mains la douce Eucharistie,
Dans son cœur le pardon, la Grâce, l'amnistie.
Oh! soyez, en ce jour, les enfants du Seigneur,
De respect et d'amour comblez le bon pasteur !
Gardez, gardez pour lui vos plus riches offrandes,
Vos âmes et vos cœurs, vos chants et vos guirlandes,
Et votre compliment avec art arrangé,
Que peut-être, ô bonheur!... il paira d'un congé.

III

LE PROVISEUR

LÉGENDE.

Τοῖον ἔχεις ὑποεργὸν ἀνικήτοις ἐνὶ χερσὶν
Ἀμφήκη, πυρόεντα, ἀειζώοντα κεραυνόν......

CLÉANTHE.

Le tonnerre, ministre de tes lois, repose dans tes
mains invincibles; ardent, doué d'une vie immortelle,
il frappe, et la nature s'épouvante. Tu diriges l'esprit
universel qui anime tout... Tant, ô roi suprême, ton
pouvoir est illimité et souverain.

LE PROVISEUR

Mais les chants ont cessé, le chef a fait un signe :
De nos petits enfants la phalange s'aligne ;
Puis ils défilent tous, en se tenant bien droits,
Fiers de marcher au pas pour la première fois.
Voyez : pas un ne perd un pouce de sa taille ;
On dirait des héros allant à la bataille.

On s'avance, on arrive au seuil du corridor :
Sur la porte flamboie un nom en lettres d'or :
Le Proviseur ! C'est là que le maître demeure ;
Sévère et vigilant, l'œil ouvert à toute heure,
Il est en même temps et l'âme et la raison,
Qui vivifie, anime, et conduit la maison.
C'est un géant, — croyais-je en mes jeunes années, —
Géant rébarbatif haut de trente coudées,
Qui, par les murs épais, vous entend et vous voit,
Rien qu'en mettant au front le bout du petit doigt.
Un *Grand* me l'avait dit, la chose était certaine,
C'était le descendant de feu Croque-Mitaine,
Qui parfois éventrait, de ses ongles tranchants,
Les petits paresseux et les petits méchants.

3

On avait glissé l'œil dans sa retraite obscure,
On avait mis l'oreille au trou de la serrure :
On avait entendu des pleurs, des cris confus,
Et ceux qu'il appelait chez lui... n'en sortaient plus !

Que les temps sont changés ! Ce proviseur terrible,
Dans ce grand cabinet jadis inaccessible,
Affable et souriant se fait voir aujourd'hui,
Et chacun sans pâlir peut s'approcher de lui.
C'est le vivant portrait du père de famille,
Qui pèse à son vrai poids la simple peccadille,
Qui sait, selon les cas, se taire ou sermonner,
Et, d'après les délits, punir ou pardonner.
Remplit-on son devoir, il loue et félicite,
En précieux billets largement il s'acquitte,
Caresse le travail et la docilité,
Et pour tous les efforts trouve un prix mérité.
Il dit : « Mes chers enfants, » en sa douceur exquise :
« Mes chers petits enfants ! » — Mais que nul ne s'avise
D'une faute un peu grave, ou l'on verrait, je crois,
Reparaître aussitôt mon ogre d'autrefois.

IV

LE PETIT-COLLÉGE

L'INITIATION.

Tunc et amicitiem cœperunt jungere....

LUCR., V.

De là date leur amitié.

Quæ amicitiæ ad senectutem usque firmissimæ durant, religiosâ quâdam necessitudine imbutæ ; neque enim est sanctius sacris iisdem quàm studiis initiari.

QUINT., I, 2.

Et cette amitié, empreinte d'un sentiment presque religieux, se prolonge avec la même vivacité jusque dans la vieillesse. Avoir partagé les mêmes études, est un lien non moins sacré que d'avoir été initié aux mêmes mystères.

LE PETIT-COLLÉGE

Les voilà réunis : conscrit de la rentrée,
Adolphe est introduit dans la grand' cour carrée;
Il jette autour de soi de timides regards;
Tel serait un agneau devant des léopards.
On regarde avec soin sa mise et sa tournure,
Et ses petits souliers et sa belle ceinture,
Et sa gentille blouse avec des brandebourgs,
Et son bonnet orné d'un beau nœud de velours.

Le cercle se rapproche : on l'observe, on le flaire;
Le cœur tout gros pourtant, il sourit, il veut plaire;
A ses petits amis qu'il voudrait embrasser,
Il semble demander des mains pour les presser;
Mais on hésite : avant de donner l'accolade,
On veut connaître à fond le nouveau camarade :
Est-il faible et timide, ou prompt à s'emporter?
Est-il brave? Au besoin, saurait-il riposter?
Le groupe est attentif et s'érige en prétoire;
Un doyen de onze ans fait l'interrogatoire;
Son regard est espiègle et sévère à la fois;
Il se recueille un peu, puis grossissant sa voix :

Ton nom? dit-il. — Adolphe est mon nom de baptême. —
Eh! qu'importe ton nom! — Adolphe ou Nicodème,
Quel âge as-tu?—Neuf ans.—Tu viens?—De chez maman.—
Quand ta mère, à propos, te donne du nanan,
Réponds-nous, qu'en fais-tu? — Je le mange. — Et personne
N'a sa petite part de ce que maman donne?... —
Si fait; j'en ai souvent offert à mon cousin,
A mon frère de lait, au petit du voisin. —
C'est bien; mais supposons une faute commise :
Le maître veut savoir... — Que faut-il que je dise? —
Cherche! — Je me tairai. — S'il insiste? — Ma foi !
Sans savoir si c'est bien, je dirai que c'est moi.

    La séance est levée; on l'entoure, on le presse,
On pousse en son honneur un hourra d'allégresse;
On ne s'est pas enquis s'il est de sang princier,
S'il est issu d'un père ou noble ou roturier,
Né dans un riche hôtel, ou dans une masure,
Au milieu d'un village ou d'une préfecture;
On le juge d'après son premier examen :
Il a bon cœur, il est proclamé Lycéen.

V

L'ÉTUDE

LE MAITRE RÉPÉTITEUR.

Sumat ante omnia parentis ergà discipulos suos ani-
mum, atque existimet succedere se in locum eorum a
quibus sibi liberi traduntur.

QUINTIL., II, 2.

Le maitre s'inspirera, avant tout, à l'égard de
ses élèves, des sentiments d'un père..... Il se figurera
qu'il a pris la place de ceux qui lui ont confié leurs
enfants.

L'ÉTUDE

Tout est dans la maison silence et solitude ;
Par l'étroit vasistas plongeons l'œil dans l'étude.
C'est l'heure du travail : immobile, penché,
Chacun a devant soi le devoir ébauché ;
L'un décline *Rosa*, l'autre conjugue un verbe,
L'autre en superlatif échafaude un adverbe ;
Celui-ci du sujet interroge les lois,
Et celui-là pétrit quelque chose en ses doigts,
Qu'il lance à la sourdine !... Infortuné ! Le maître
A vu le ricochet du mur à la fenêtre ;
Il gronde, il va punir, mais le petit lutin,
Pour détourner le coup, marmotte du latin...
Le maître, cette fois, ferme les yeux, pardonne.

Brave maître ! en ses soins il n'épargne personne ;
Il va de l'un à l'autre, armé de son crayon,
Rectifiant le verbe ou la déclinaison,
Soulignant à sa droite un léger solécisme,
A sa gauche biffant un affreux barbarisme.
Il s'approche souvent d'un petit Benjamin,
Dont il maintient les doigts et dirige la main,

3

Cherchant pour lui les mots dans le vocabulaire,
Montrant l'alinéa des règles de grammaire;
Et l'enfant lui sourit, il l'aime, car il sent,
Sous ces soins prodigués, un amour incessant.

Ainsi va le travail; au dehors, la nuit sombre
Etend sur la nature et son calme et son ombre;
Et la page s'achève, et, le front dans la main,
Chacun repasse bas la leçon de demain.
Un seul écrit encore; impatient, il pleure,
Il regrette le temps qu'il perdit tout à l'heure,
Lorsque, dans sa besogne un moment relâché,
Il étoilait les murs de son papier mâché.
Il presse, il court; le mot en courant s'estropie,
Mais qu'importe? Il finit, et livre sa copie.

Il était temps! L'horloge a retenti huit fois,
Et le tambour au loin fait entendre sa voix.
Enfants, plus de retard! Au sein d'immenses salles
Où s'alignent en rangs des tables colossales,
Balthazar, pour calmer vos appétits gloutons,
Vous attend de pied ferme avec ses marmitons.

VI

LE RÉFECTOIRE

LA SAINT-CHARLEMAGNE.

———

Non me lucrina juverint conchylia...

HORACE, Epod. II.

En quoi dès lors pourraient tenter ma fantaisie
Les huîtres de Lucrin, les mulets, les turbots,
Les sargets que parfois, des rives de l'Asie,
Rejettent sur nos bords et les vents et les flots ?

Les poules de l'Atlas, les faisans d'Ionie,
Pour flatter mon palais, me semblent moins friands
Que ces fruits savoureux qu'au sein de l'Ausonie,
Pallas daigna mûrir sur nos côteaux riants ;

Ou l'oseille qui croit dans l'humide vallée.....

Trad. ANQUETIL.

LE RÉFECTOIRE

O mangeurs raffinés! Illustres gastronomes,
Gourmets blasés sur tout, venez voir nos bonshommes,
Et dites si jamais, en vos festins fameux,
Vous eûtes plus d'entrain et plus d'appétit qu'eux.

Ici ni chapons gras, ni faisans, ni sarcelles,
Ni perdreaux parfumés, ni fines bartavelles,
Ni beurre savoureux d'écrevisse ou d'anchois,
Ni filet de chevreuil cuit dans les petits pois;
Mais veau, bœuf et mouton, coupés en larges tranches,
Les œufs frais à la coque ou dans des sauces blanches,
Et l'épinard flanqué de croustilles de pain,
Et le haricot rouge au fond des plats d'étain.
Je ne t'oublierai pas, légume salutaire,
Délices des enfants, douce pomme de terre,
Qui sans cesse apparais, neuve en toutes saisons,
Cuite sous mainte forme, et de mille façons;
Ni vous, brocs à gros ventre, emplis à la crédence,
Du jus rafraîchissant qu'on appelle abondance,
Ni toi, pain tendre et frais, qui croques sous la dent,
Et qu'un garçon présente au bout de son trident.

Ainsi vont nos repas, bien simples, bien modestes,
Mais où l'on fait honneur à tout, et même aux restes,
Que de Sparte jadis le grand législateur
N'eût manqué d'approuver, s'il eût été Recteur ;
Mais quand de février approchent les calendes,
Le réfectoire alors se pare de guirlandes,
Et l'œil émerveillé ne voit de tous côtés
Que masses de gâteaux et files de pâtés,
Que crèmes et flacons de vrai vin de Champagne ;
C'est que, dans ce beau jour, on fête Charlemagne,
Charlemagne ! un grand prince ! un sage assurément,
Qui jusques à sa mort apprit le rudiment.

Venez alors, enfants, à la table dressée,
Latinistes en herbe et l'espoir du Lycée ;
Attaquez du couteau, des ongles et des dents,
Ces mets, ces fruits sucrés, tous ces bonbons fondants ;
Puis, avant d'avaler la dernière rasade,
Chacun liant ses mains aux mains d'un camarade,
A la face du ciel, jurez qu'un de ces jours,
Vous nous rapporterez tous les prix du Concours.

VII

LE DORTOIR

PRIÈRE ET SOMMEIL.

———

Songe qui l'enchante !
Il voit des ruisseaux,
Une voix qui chante
Sort du fond des eaux.
Ses sœurs sont plus belles,
Son père ést près d'elles,
Sa mère a des ailes
Comme les oiseaux.

V. Hugo, FEUILLES D'AUTOMNE, XX.

LE DORTOIR

Quand le repas du soir est fini, chaque élève,
Au signal qu'il entend, de sa place se lève,
Parcourt des corridors le labyrinthe noir,
Et gagne à pas pesants la porte du dortoir.
Il tombe à deux genoux : le pâle réverbère,
D'une lueur mourante éclairant sa prière,
Il rend grâces au ciel, et ses faibles accents
Vers les anges de Dieu montent comme un encens;
Puis, sans retard, il quitte habit, gilet, chaussure,
Et d'un bond disparaît sous l'ample couverture.

Il a fermé les yeux, mais son cœur veille encor :
Avant de se livrer à ses beaux rêves d'or,
Il tressaille, il soupire, il repasse en lui-même
Le souvenir de ceux qu'il regrette et qu'il aime :
Ma mère!... Et ce doux nom, à peine prononcé,
A soudain devant lui réveillé son passé!
Il revoit la maison, le jardin, la charmille,
Les jeux du jour, du soir, au sein de la famille,
Jeux qu'il retrouvera dimanche, si l'on sort,
Et, dans ces doux pensers, il se berce et s'endort.

C'est fini ; le voilà tout-à-fait immobile ;
On n'entend d'autre bruit que son souffle tranquille,
On ne voit que son front, teinté d'un doux carmin,
Qui repose appuyé sur sa petite main.
Age heureux de l'enfance ! Aurore de la vie,
Félicité d'une heure, hélas ! trop tôt ravie !
Pur sommeil que j'aimais à contempler le soir,
Quand, isolé, debout à l'angle du dortoir,
Avec l'ange gardien, je veillais en silence
Sur tant de bonheur calme et sur tant d'innocence !

Jouis, enfant, jouis de ce profond repos !
Que sur toi le sommeil verse tous ses pavots !
Dans un instant la nuit à peine commencée,
Cette nuit si paisible et si vite passée,
Abaissera son voile aux premiers feux du jour ;
Alors retentira le coup sec du tambour :
Alerte ! enfant, debout ! La stridente baguette,
T'éveillant en sursaut dans ton humble couchette,
En un clin d'œil t'aura brusquement transporté
Des chimères du songe à la réalité.

VIII

L'INFIRMERIE

LES SŒURS.

———

Née du christianisme, la sœur de charité en est
l'expression la plus touchante ; elle en a conservé les
vertus primitives, le zèle évangélique ; elle en em-
brasse toute la sainteté ; elle accepte en esprit et en
vérité l'accomplissement des pieux devoirs de sa voca-
tion.

L. Roux.

L'INFIRMERIE

Maman, ton petit homme est à l'infirmerie,
« Grippé, » voilà le mot. — Viens me voir, je t'en prie ;
En vain j'ai conjuré les sœurs, le médecin,
De me laisser aller en classe ce matin,
Alléguant que ma toux ne sera pas grand'chose,
Et qu'en histoire sainte aujourd'hui l'on compose !
J'ai pleuré, supplié ; je n'ai rien obtenu.
Alors, en y pensant, je me suis souvenu
De ce que nous disait autrefois petit père,
Qu'un bon soldat jamais n'est malade à la guerre,
Et que celui qui reste, au moment du combat,
Endormi sous la tente, est un mauvais soldat,
Et je me suis senti le rouge à la figure :
Va ! je ne serai plus malade, je le jure.

Je suis d'ailleurs ici très bien, dans un bon lit,
Avec peu de tisane et beaucoup d'appétit.
J'ai, dans le voisinage, un petit camarade,
Assez heureux, je crois, de se trouver malade,
Et qui, toutes les fois que chère sœur survient,
Vite ferme les yeux et de parler s'abstient :

Peut-être n'est-il pas pressé d'aller en classe....
Et nous nous racontons des fables à voix basse.

Viens, maman; tu verras comme ici tout est beau :
Vingt lits douillets, munis chacun d'un blanc rideau;
Des tentures qu'on lève ou qu'on tient abaissées,
Pour ménager le jour de dix grandes croisées;
Poêle et table au milieu, portes à deux battants,
Parquet de chêne propre à se mirer dedans.
C'est que nos sœurs ici, comme des sentinelles,
Promenant un regard attentif autour d'elles,
Bien vite apercevraient le moindre objet jeté
Qui pourrait faire tache à tant de propreté.

Je te quitte, il le faut, et d'ailleurs ma main tremble;
Je suis impatient de sortir; il me semble
Que ce gentil palais sent un peu sa prison,
Et que, dans notre classe, il doit faire bien bon!
Des externes, là-bas, j'entends sonner la cloche,
Et moi, je suis captif, quand le moment approche
Où mes petits amis, fiers de se bien porter,
Pour la première place ensemble vont lutter !

IX

LA CLASSE

L'IDÉE MORALE ET RELIGIEUSE.

Le gaing de nostre estude, c'est en estre devenu
meilleur et plus sage.

MONTAIGNE, I, 25.

An ille plus præstat qui inter cives jus dicit, quàm
qui docet juventutem, quid sit justitia, quid pietas,
quid patientia, quid fortitudo, quàm pretiosum bo-
num sit bona conscientia?

Senec., DE TRANQ., 3.

Le magistrat, au forum, rend-il plus de services
que celui qui enseigne, au sein d'une école, le prix
de la justice, de la piété, de la patience, de la force,
l'inestimable avantage d'une bonne conscience?

LA CLASSE

L'heure se fait entendre au timbre de l'horloge :
Le professeur paraît, revêtu de sa toge ;
Il s'avance en rêvant et plein de gravité ;
Tantôt son pas est lent, tantôt précipité ;
On dirait, à le voir, qu'il poursuit en lui-même
Le difficile mot d'un épineux problème ;
C'est qu'il pense aux enfants, et de quelle façon
Il va, pour être clair, présenter sa leçon,
Quelle lumière il faut pour éclairer la route,
Pour dissiper l'erreur et résoudre le doute,
Pour s'ouvrir un chemin dans ces jeunes esprits.
Il se tait, il médite, et les enfants surpris
N'osent lever les yeux, remuer de leur place,
Devant ce long regard qui les trouble et les glace.
Serait-il mécontent ?... Enfin il a parlé,
Sur sa bouche entr'ouverte, un sourire a brillé :
On se rassure alors, on s'apprête en silence,
On dispose la plume, et la classe commence.

Trente enfants réunis ; c'est le riche terrain,
Le sol vierge où bientôt il va semer le grain ;

Il ouvre le sillon : à l'instant fécondée,
Au vent de sa parole on voit poindre l'Idée,
D'abord faible et fragile, et semblable à la fleur,
Qui, captive longtemps dans l'étui protecteur,
Entr'ouvre à la clarté du soleil qui la dore,
Son verdoyant calice, et s'efforce d'éclore.
Que de soins pour sauver ce germe délicat,
Et sa fraîche corolle et son tendre incarnat!
Enfin il a grandi! Mystérieux prodige!
Mille autres fleurs bientôt pullulent sur la tige,
Et toutes à la fois, au midi radieux,
Exhalent leurs parfums et regardent les cieux!

Telle dans les enfants, divine Providence,
Ainsi qu'un champ fécond, tu fis l'intelligence ;
Ouvriers du savoir, c'est à nous d'y jeter
Ce grain si précieux plus tard à récolter,
Ce grain qui deviendra, plein de sève et de force,
Un arbre au tronc solide, à la robuste écorce,
Et que la Vérité, de son souffle de feu,
Fera monter un jour jusqu'au trône de Dieu!

X

LA RÉCRÉATION

LE PARLOIR.

Quanta studia decertantium sunt ! Quanta ipsa cer-
tamina ! Ut illi efferuntur lætitia, quum vicerunt !
Ut pudet victos ! Ut se accusari nolunt ! Ut cupiunt
laudari ! Quos illi labores non perferunt ut æqualium
principes sint.

Cic., De Fin., V, 61.

Quelle ardeur dans leurs jeux ! Quelle émulation !
Quelle joie pour les vainqueurs ! Quelle confusion
pour les vaincus; comme ils redoutent le blâme et
ambitionnent la louange ! Que d'efforts pour domi-
ner ses rivaux !

LA RÉCRÉATION

Vous les avez tenus sur les bancs de l'école
Deux heures!... C'est assez : ouvrez l'antre d'Éole ;
Aux autans prisonniers donnez la liberté !
Entendez-vous ce cri par l'écho répété?
C'est le cri du bonheur sous le soleil splendide !
En avant le cerceau, la balle au bond rapide,
La bille et la toupie et les ballons gonflés,
Le sabot que le fouet frappe à coups redoublés.
On organise ici le noble jeu des barres ;
Là, des coursiers fougueux, avec des tintamarres,
S'attèlent ; l'attelage en bon ordre descend,
Puis au triple galop défile en hennissant.

Hélas ! Durant ces jeux, dans un coin solitaire,
Que fait cet enfant seul, les yeux baissés à terre?
A-t-il été maussade avec les autres? — Oui,
Et nous lui défendons de jouer aujourd'hui :
Quarantaine! Plus loin une dispute éclate :
C'est un petit qui pleure et se plaint qu'on le batte ;
On interrompt les jeux : le coupable arrêté
Est mis en quarantaine à l'unanimité.

Loi de Lynch des enfants! Justice populaire,
Qui n'admet pas toujours ce que l'homme tolère,
Qui, prompte en ses arrêts, veut que, sans jugement,
Le mal soit aussitôt suivi du châtiment!

Mais adieu les ballons, les camps, la stratégie;
Un cri vient de partir du haut de la vigie :
Au parloir! Au parloir! Et l'enfant appelé,
De la porte en courant franchit le défilé;
Il arrive, il regarde, il l'aperçoit... C'est elle!
Il bondit, se cramponne aux plis de sa dentelle,
La couvre de baisers, et, plus fier qu'Artaban,
Il semble dire à tous : Voyez! c'est là maman!
Et bonbons de pleuvoir, et morceaux de brioche
Qu'une furtive main va chercher dans la poche;
Quel bonheur!... Mais je vois, là bas sous les tilleuls,
Un père avec son fils : ils se promènent seuls;
L'enfant pleure... Pourquoi? Respectons ce mystère,
Car le papa s'éloigne avec le front austère,
Le reproche à la bouche, et le petit garçon,
Sans gâteaux, ce jour-là, rentre dans la maison.

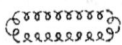

XI

LE GRAND COLLÉGE

VOCATIONS.

—

Toi, lorsque tu auras choisi avec prudence une carrière, n'imite pas ces gens qui se lamentent éternellement; ne te laisse agiter ni par un vain repentir, ni par une velléité de changer. Toute voie, dans cette vie, a ses épines; dès que tu auras posé le pied dans une de ces voies, poursuis-la : rétrograder, c'est faiblesse. Excepté dans le mal, il est toujours bien de persévérer. Celui-là seul qui persévère dans son entreprise, peut espérer d'arriver à quelque distinction.

Silv. Pellico, Dev. des Hommes, XV.

LE GRAND COLLÉGE

Ainsi pour l'écolier s'écoulent les journées,
Ainsi passent les mois et les longues années;
Au terme du voyage on arrive; l'enfant,
Grandi dans le collége, est homme maintenant.
Comme un navigateur déjà loin de la terre,
Il voit à l'horizon la classe élémentaire,
Où jeune il s'embarquait, où d'autres aujourd'hui,
Pour partir à leur tour, s'exercent comme lui;
De la sixième il voit les cîmes reculées,
D'autres cîmes encore indécises, voilées,
Points perdus dans l'azur, promontoires lointains,
Où fleurissaient jadis les Grecs et les Latins;
Les pics de la cinquième, et puis ce cap célèbre
Où naviguent à part les Lettres et l'Algèbre;
Divorce infortuné, s'il était éternel!
Mais on va de conserve : un lien fraternel
Sur le même chemin les unit, les rassemble,
Et vers le même port les fait voguer ensemble.

Hélas! pourquoi faut-il qu'à l'abri des dangers
Un bon destin n'ait pas mis tous les passagers?

7

Plus d'un tomba du bord et disparut dans l'onde,
Ou descendit à terre en quelque coin du monde,
Heureux s'il put se faire une île à sa façon,
Comme le bon Selkirk ou l'adroit Robinson !

Aux nouveaux arrivants, salut! La Rhétorique
Développe à leurs yeux l'épopée homérique,
Et la Philosophie, avec solennité,
Leur montre la Vertu, Dieu, l'Immortalité ;
Plus loin, l'étoile au front, siége l'Astronomie ;
Ici c'est la Physique, et là c'est la Chimie,
Toutes les deux debout devant leurs arsenaux,
L'une allumant sa lampe, et l'autre ses fourneaux.

Approchez, jeunes gens; science ou poésie,
Choisissez votre Muse, et la Muse choisie,
Qu'elle tienne en ses mains la plume ou le compas,
Si vous la servez bien, ne vous trahira pas;
Aimez-la tendrement, et ses mains libérales
Vous combleront un jour de faveurs sans égales;
Vous serez ses élus peut-être, et nous verrons
Un rayon de sa gloire illuminer vos fronts !

XII

LES PRIX

LE DÉPART.

En silence on attache une vue attendrie
Sur l'enfant qui promet un homme à la patrie...
Cet enfant, c'est le tien : un cri part, le vainqueur
Porté par mille bras est déjà sur ton cœur ;
Son triomphe est à toi, sa gloire t'environne,
Et de pleurs maternels tu mouilles sa couronne.

Millevoye, AM. MATERNEL.

LES PRIX

Les prix sont décernés; collége, ouvre tes grilles
A ces triomphateurs qu'emportent leurs familles,
Tout palpitants encore et de joie enivrés,
Avec leurs beaux lauriers et leurs livres dorés.
Oh! la vive allégresse et le bonheur suprême,
Quand à la foule on montre un premier prix de thème,
Et qu'on tient en ses bras, sous un frais maroquin,
Les œuvres de Perrault ou celles de Berquin !
Allez, petits enfants que le plaisir transporte ;
Défilez en chantant sous cette grande porte :
Là bas sont les gazons, les jardins et les bois,
Le paradis terrestre où vous jouerez deux mois!

Et vous qui, parvenus au bout de la carrière,
Des bancs, en ce grand jour, secouez la poussière,
Qui, les yeux maintenant fixés sur l'avenir,
Abandonnez ces murs pour n'y plus revenir,
Partez, élancez-vous : quelle que soit l'arène
Où le goût, le destin, le hasard vous entraîne,
Architectes, sculpteurs, médecins, avocats,
Laboureurs ou marchands, matelots ou soldats,

Vous avez à servir une mère chérie,
Et vous la servirez avec idolâtrie,
C'est la FRANCE! Et ce nom qui rayonne entre tous,
Comme un palladium resplendira sur vous!

Non, vous n'aurez pas tous des croix, des ambassades, .
Des palais somptueux à riches colonnades,
Et plus d'un, parmi vous, vivra déshérité
Dans la dure fatigue et dans l'obscurité;
Mais de l'arbre qui monte et grandit d'âge en âge,
Vous serez la racine..... et d'autres le feuillage;
Vous tiendrez dans la terre, eux trembleront souvent,
Car s'ils ont le soleil, ils ont aussi le vent.

Adieu; que le destin vous frappe ou vous protége,
N'oubliez pas du moins ces palmes du collége;
Ce sera du passé le plus doux souvenir
Auquel vous sentirez vos âmes rajeunir;
Ce sera, suspendue au foyer domestique,
De vos premiers succès la plus sainte relique,
Et triomphes, plaisirs, vous pourrez désormais
En avoir de plus grands, mais de plus purs, jamais!

―◁◈▷―

Je vous quitte à regret, Madame;
Je vous laisse où tout vous réclame,
  Devoir, tendresse, amour;
Au nid où votre front s'incline,
Sous le rideau de mousseline
  Qui tamise le jour;

Les yeux sur l'enfant qui repose,
Frais bouquet de lis et de rose
  Sur le blanc édredon...
Tenez! son petit bras se lève,
Et sa bouche, au sortir du rêve,
  Murmure votre nom!

Adieu! Le voilà qui s'éveille;
Adieu le conte qu'à l'oreille
  J'allais vous dire bas;
Conte lugubre, affreuse histoire,
Histoire épouvantable et noire
  Que liront les papas.

―◁◈▷―

LES REVENANTS

ÉPILOGUE.

Are ye fantastical, or that indeed
Which outwardly ye shew ?...

Shakespeare, MACBETH, I, 3.

Existez-vous ou non ?
Ne vois-je que de vains fantômes m'apparaître,
Ou seriez-vous, vraiment, ce que vous semblez être ?

Trad. EMILE DESCHAMPS.

LES REVENANTS

Il fait noir, il fait froid. Au dehors, le vent pleure
A travers les rameaux des vieux tilleuls... C'est l'heure
Où parmi nous, dit-on, tout-à-coup dispersés,
Se glissent les Esprits, âmes des trépassés ;
Où l'ombre, par degrés, enveloppant la terre,
Tout devient solitude, épouvante, mystère...
Mais voilà qu'au silence a succédé le bruit,
L'existence au néant, la lumière à la nuit ;
Tout change : un grand palais aux immenses arcades,
Où s'allument soudain des feux par myriades,
Resplendit : c'est le temple où la Faim, chaque soir,
Convoquant ses élus, les invite à s'asseoir ;
Où Chevet et Véfour, sous leurs couteaux mystiques,
Préparent à grand train les mets cabalistiques.
Et, de verveine en fleurs décorant le chemin,
Attendent les mangeurs, la fourchette à la main.

Là haut, dans une salle où le gaz étincelle,
S'entassent les cristaux et la riche vaisselle,
Et des fantômes noirs, espèces d'icoglans,
Sous les lambris dorés circulent à pas lents.

Ils portent dans leurs bras de sinistres corbeilles
Pleines de fruits dorés et de grappes vermeilles,
Desserts mûris sans doute aux feux du Phlégéton ;
D'appétissants babas cuits aux fours de Pluton ;
Des bols d'une liqueur qui, par sa flamme bleue
Et ses pétillements, sent l'enfer d'une lieue.

Nos spectres vont venir : tout est prêt maintenant ;
Sur le seuil apparaît le premier revenant ;
Il cache en des gants blancs ses griffes redoutables,
Il ricane trois fois à l'aspect de ces tables,
Et trois fois, enfoncé dans le large fauteuil,
Du menu du festin compulse le recueil ;
Puis il prononce bas de magiques formules
Qui font fumer les plats et sonner les pendules...
A l'instant, ô prodige ! un grand bruit du dehors
Emplit le vestibule et les longs corridors :
Ce sont eux, les voici ! La cohorte infernale,
Bras dessus, bras dessous, pénètre dans la salle.
O muse, redis-moi, dans ces premiers moments,
Cette étrange allégresse et ces embrassements,
Ces palpitations des cœurs sous la poitrine,
Ces fronts tout rayonnants que la joie illumine,
Ces transports de bonheur, ces cris de tous côtés,
L'amusant cauchemar de ces ressuscités.

Ils se figurent tous être encor de ce monde :
Pierre vient de l'Alsace et Paul de la Gironde ;
En voici de Colmar, en voilà de Rhodez ;
Alfred revient, dit-il, de l'isthme de Suez ;
Et ce grand démon-là, qui rêve et s'imagine
Avoir fait, l'an dernier, la guerre en Cochinchine !
C'est pousser, pour des morts, la folie un peu loin.

On s'assied, on se compte, on s'observe avec soin :
Mais faire honneur aux plats, d'abord est impossible :
L'estomac est muet quand le cœur est sensible,
Quand, au lieu de toucher aux mets délicieux,
La main en presse une autre ou se tient sur les yeux.
Singuliers revenants ! Chacun dit sa carrière !
Celui-ci de Thémis a suivi la bannière ;
C'est lui qui, sur les bancs, rédigeait autrefois,
Pour les délits au jeu, tout un Code de lois,
Et quiconque trichait, soit en cour, soit à table,
Rencontrait dans Gustave un juge inexorable.
Celui-là sur les murs exerçait son crayon :
Ses tableaux aujourd'hui figurent au Salon.
Cet autre nourrissait à l'ombre du pupitre
Le ver, le scarabée à la brillante élytre,
La coccinelle d'or et le noir charançon :
Dans huit jours, ce rival de l'illustre Adanson

Prendra ses passeports pour l'Afrique centrale.
Eugène? il est élève à l'Ecole normale ;
C'était, on s'en souvient, le héros du Concours.
Maurice aimait le bruit, les sabres, les tambours :
Solférino, depuis, l'a vu dans la mêlée,
L'uniforme en lambeaux, la tête échevelée,
Impétueux, jaloux d'un glorieux trépas,
Au travers des boulets, conduire ses soldats.
Il est fait colonel; voyez sa mine fière;
Le ruban de l'honneur brille à sa boutonnière;
Modeste autant que brave, et quand chacun a ri,
Dérobant dans ses doigts son grand œil attendri.

Les voilà réunis, marchands, soldats, artistes,
Agriculteurs, savants, poètes, journalistes,
Autour de cette table, essaim d'amis pressé,
Devisant volontiers de ce joyeux passé
Où l'on s'amusait tant, où la main souple, agile,
Lestement copiait cinq cents vers de Virgile;
Où l'on allait parfois, pour un rien, pour un mot,
Méditer sur sa faute à l'ombre du cachot.
C'était là l'heureux temps! Les voilà, les fantômes,
Venus de tous les points, parlant mille idiômes,
Mais aujourd'hui formant une seule unité,
Pour boire à la concorde, à la fraternité.

Ah! rendez-vous toujours à cet anniversaire
Où la sainte amitié s'avive et se resserre,
Vieux amis du collége, aimables revenants,
Que le hasard rassemble une fois tous les ans;
Et s'il manque à l'appel quelque bon camarade,
Si vous entendez dire : Il n'ose... Il est malade...
Non; c'est qu'il est brisé là bas sur un écueil :
Vite! Allez consoler cette pauvre âme en deuil,
Et Dieu vous bénira! Car la goutte tombée
Sur le limon grossier qui la tient absorbée,
Ne demande souvent, quand le soleil a lui,
Qu'un peu de sa chaleur pour remonter vers lui.